danilo radke
PUTZ CASEI

danilo radke
PUTZ CASEI

1ª edição

Rio de Janeiro | 2017

CIP-BRASIL. CATALOGAÇÃO NA PUBLICAÇÃO
SINDICATO NACIONAL DOS EDITORES DE LIVROS, RJ

Radke, Danilo
Putz casei / Danilo Radke. - 1ª ed. - Rio de Janeiro : BestSeller.
128 pg. : il.

ISBN 978-85-4650-052-9

1. Casamento. 2. Relação homem-mulher. 3. Casais - Aspectos psicológicos. I. Título.

17-42900
CDD: 306.87
CDU: 392.6

Texto revisado segundo o novo Acordo Ortográfico da Língua Portuguesa.

Copyright © 2017 by Danilo Radke
Layout de capa: Marina Avila
Imagem de capa: Daniel Radke e Jan Moraes Oliveira
Editoração eletrônica: Marina Avila
Todos os direitos reservados. Proibida a reprodução,
no todo ou em parte, sem autorização prévia por escrito da editora,
sejam quais forem os meios empregados.

Direitos exclusivos de publicação em língua portuguesa para o mundo
adquiridos pela
EDITORA BEST SELLER LTDA.
Rua Argentina, 171, parte, São Cristóvão
Rio de Janeiro, RJ | 20921-380
que se reserva a propriedade literária desta edição

Impresso no Brasil

ISBN 978-85-4650-052-9

Seja um leitor preferencial Record.
Cadastre-se e receba informações sobre nossos lançamentos e nossas promoções.

Atendimento e venda direta ao leitor
mdireto@record.com.br ou (21) 2585-2002

Este livro foi composto na tipologia Aller Light, em corpo 10, e Butler, corpo 80 e 47 e
impresso em papel Couchê fosco 115g/m^2 na Prol gráfica.

sumário

introdução	7
os 10 mandamentos do casado	11
dormindo com o inimigo	16
saúde!	19
na cozinha	22
louça mutante	26
tomando banho junto	29
amor, tô gorda?	34
o caminho para a felicidade é...	37
TPM	41
se de dia a gente briga...	44
aplicando castigos	48
em 10 vezes	54
pagando o preço	58
na riqueza e na pobreza	61
difícil encontrar o limite	64
dia mais esperado do mês	67
reparar nelas	72
homens fazem sim	75
casar me melhorou	78
mulher esconde as coisas	81
limites	84
sair para comer	90
homens são organizados	93
o controle do ar	96
compras anticoncepcionais	99
como travar uma mulher	102
tirar fotos	108
tupperware	111
Paulo Zulu	114
motel depois de casado	117
espremer cravos	120
envelhecer junto	126

Agradeço e dedico este livro a todos que, de alguma forma, ajudaram a tornar isso realidade. Em especial aos meus pais, que sempre me apoiaram e, claro, à minha noiva Camila, que me inspira todos os dias. Pra fazer piadas sobre casamento.

introdução

Eu e minha namorada estávamos juntos há 6 anos até que decidimos noivar. Essa foi uma decisão tranquila. Depois de tanto tempo juntos, já era hora de dar um novo passo no relacionamento, mostrar que realmente queríamos seguir em um relacionamento mais sério. Quem me convenceu disso foi ela. Enquanto segurava uma faca. E ameaçava minhas partes baixas.

Logo depois de noivar, começamos a falar sobre comprar um apartamento e, de fato, casar. Porém, era uma coisa ou outra. Não tinha dinheiro pra tudo. Como casar e morar com os pais não dá muito certo, optamos por comprar um apartamento primeiro. Aliás, primeiro mesmo foi comprar as alianças, que já é o equivalente a umas três parcelas de uma cobertura em bairro nobre, mas tudo bem.

Escolhemos um apartamento um pouco mais antigo. Pura estratégia. Porque ainda teríamos que reformar ele, assim, no meu pensamento, demoraria mais pra ter ele pronto pra morar e, consequentemente, para que a gente se mudasse. Somando isso ao tempo de guardar mais dinheiro pra poder casar, acreditei que teria ainda uns 5 anos de escape. Me enganei.

Que mulher adora fazer reforma eu já sabia. Só não sabia que elas adoram reformar enquanto moram no lugar. Como já diria o pagodeiro: "aí foi que o barraco desabou, nessa que meu barco se perdeu".

Começou quando decidimos só passar um final de semana no nosso apartamento, que estava completamente virado devido as reformas. Depois do final de semana, decidimos ficar mais alguns dias. E depois mais alguns. E mais alguns. E assim foi. Mas tudo bem, afinal, na minha cabeça, eu ainda estava enrolando minha, agora, noiva pra demorar mais pra casar.

Até que certo dia eu me peguei em casa, lavando louça, conversando com os pedreiros que faziam a reforma, pensando no que eu ainda precisava limpar, lembrando do que tinha que colocar na lista de mercado, fazendo cálculos pra saber se daria pra pagar todas as contas do mês e escutando minha noiva brigar comigo porque estava de TPM. Foi aí que parei e me toquei: Putz, casei!

Moramos juntos, me considero casado, mas enquanto a gente não oficializa no papel, chamo a minha companheira de noiva, porque, né?

os 10 mandamentos do casado

1º

**Adorarás a tua mulher e ama-la-á
sobre todas as coisas**

Ou seja, deixarás de lado o videogame, o futebol da semana e a cerveja com os amigos pra ficar com ela. Queira você ou não.

2º

Não usarás o Santo Nome da tua mulher em vão

Principalmente se for pra pedir pra ela trazer cerveja enquanto você está assistindo ao futebol.

3º
**Guardarás os domingos para a preguiça
e o futebol na TV**

A não ser que a tua mulher queira ver o programa da Eliana, daí deixarás o futebol de lado.

4º
Visitarás pai e mãe

Principalmente nos finais de semana, para filar almoço e janta. E ainda pegar umas coisinhas pra comer durante a semana.

5º
Não matarás

Principalmente ficar de matação na limpeza da casa ou na lavação da louça. Caso contrário, a tua mulher te matará.

6º
Não cometerás adultério

Isso inclui trocar mensagens por WhatsApp com outras mulheres, adicionar amigas no Facebook e curtir fotos de mulheres no Instagram. Caso contrário, tua mulher te matará.

7º

Não furtarás

Principalmente os chocolates e demais doces que tua mulher guarda pra ela. Caso contrário, tua mulher te matará.

8º

Não mentirás

Até porque não adianta: elas sabem de tudo. Então, não minta. Caso contrário, tua mulher te matará.

9º

Não desejarás a mulher do próximo

Nem a do próximo, nem a que não for do próximo, nem nenhuma outra mulher. Caso contrário, tua mulher te matará.

10º

Não cobiçarás as coisas alheias

Muito menos a vida de solteiro dos teus amigos. Caso contrário, tua mulher te matará também.

Casar é...

tomar banho junto. Mas no inverno a mulher fica embaixo da água quente numa boa e você fica passando frio pelado esperando a vez.

dormindo com o inimigo

Uma das coisas boas depois de casar é, com certeza, dormir junto; mas só pra mulher, porque ela ganha uma cama quase inteira só pra ela. Ganha não: ela simplesmente ocupa. Mulheres são praticamente o MST das camas. Vão invadindo sem dó, e, se você tentar reclamar, vai ter que enfrentar uma fúria gigante.

O fato é que você só dorme junto com quem realmente ama. E amar é aprender a ceder. O que, neste caso, significa ceder 95% da cama pra mulher.

Se você é homem e estava acostumado a dormir sozinho numa cama de casal, desculpa te desanimar, mas seus dias de espaço sobrando acabaram. Se você dormia numa cama de solteiro, desculpa te falar também, mas você vai ter menos espaço ainda depois de casar.

Quer algumas dicas?

Travesseiro

Você está acostumado a dormir no meio do teu travesseiro? Está fazendo errado! Acostume-se a dormir usando só metade dele. Ou melhor, usando só 1/3. Aliás, pra garantir mesmo, pegue uma almofada pequena, rasgue ela no meio e se acostume a dormir só naquele tanto.

Regime

Pode parecer grosseiro, mas faça um regime. Quanto mais magro você for, naturalmente, menos espaço você vai ocupar na cama. Consequentemente, a chance de ela te empurrar será menor.

Pé de apoio

Se acostume a dormir com um pé fora da cama, apoiado no chão. Isso vai ser útil pra você não cair.

Aulas de judô

Talvez você pense que não faz o menor sentido falar disso, mas você vai precisar de aulas de judô pra dormir junto *sim*. É que na aula de judô você aprende a cair da forma certa, e, acredite, ela vai te empurrar tanto que uma hora você vai cair da cama. Mesmo sendo magro pra ocupar pouco espaço e estando com o pé apoiado no chão.

Essas são só algumas dicas, mas com o tempo você ainda vai aprender muito mais. Eu mesmo ainda estou aprendendo. E, se você está pensando que existe alguma posição pra dormir que fique confortável pros dois, desista, não há; é tudo uma ilusão.

Se ela dorme com a cabeça em cima do teu peito, não é carinho, é só uma prova do quanto ela invade o teu espaço. Se você acha que dormir de conchinha é questão de amar, não é! Além de ser desconfortável, eu tenho certeza que o cara que inventou essa coisa de dormir de conchinha fez isso por necessidade. É uma forma de você abraçar a mulher por trás e segurar ela, evitando que ela se mexa e te empurre pra fora da cama.

Você ainda pode estar pensando que uma boa saída, então, é dormir em camas separadas. Mas não: tenho certeza de que, se o casal dormir em camas separadas, a mulher acorda no meio da noite, vai até a cama do homem e o empurra pra fora.

Assim, só por diversão...

saúde!

Quando a gente casa, automaticamente passa a dividir tudo com a outra pessoa. *Até a gripe*. E o pior é perceber que a gripe é o momento mais erótico da vida de casado. Ficam os dois o final de semana todo na cama, quentes, suando e gemendo.

Pior ainda é saber que, quando é o homem que pega gripe primeiro, a mulher dificilmente pega. Por quê? Porque elas até cuidam da gente, só que a uma distância segura. Só que, quando a mulher é quem pega gripe, já era. Ela não quer só cuidados, ela quer contato físico, abraços e beijos meio salgadinhos (quem entendeu fez cara de nojo agora). E então, amigo, no outro dia estão os dois gripados.

E mulheres são as rainhas do discurso de *igualdade*, mas, na hora da gripe, tudo muda. Se elas estão doentes, o controle da TV é delas, a decisão sobre os pratos do dia é delas, quem escolhe o horário de ir pra cama são elas.

Já quando o homem está doente, ele pode até falar:

— Tô doente. Deixa eu assistir ao jogo.

Mas a resposta sempre será:

— Se tá doente, vai pra cama.

Uma coisa muito ruim de ver sua mulher com gripe é que toda a delicadeza que você enxergava nela vai por água abaixo. Cada espirro é alto o suficiente pro vizinho do andar de baixo gritar "saúde". Pior ainda é quando ela assoa o nariz tão docemente que você chega a olhar pela janela pra ver se tem algum *Opala* passando na rua.

Claro, depois de assoar o nariz sempre rola aquela olhadinha pra ver tudo que saiu no papel. Sem esquecer que, depois de conferir a obra de arte, a mulher te olha com aquela carinha de doente, dizendo:

— Joga no lixo pra mim?

E o homem NUNCA pode pegar o papel com a ponta dos dedos, senão ela vai fazer um drama gigante dizendo que você tem nojo dela.

Uma grande verdade é que não existe prova de amor maior do que passar por uma gripe junto. É ali que você vai dividir tudo. Lenços, remédios, chás, xaropes e tudo mais.

Menos os chocolates. Chocolates não são divididos nunca.

na cozinha

Faz um tempo que começou a passar na TV um programa que é uma sacanagem sem fim. O programa se chama *Tempero de família*, onde o Rodrigo Hilbert vai pra cozinha e faz diversos pratos de dar água na boca. Como se já não bastasse o cara ser mil vezes mais bonito que eu, além de rico, educado etc., ele ainda cozinha.

É claro que isso resultou em uma coisa: minha mulher queria que eu fosse pra cozinha também. E é claro que isso só poderia resultar em uma coisa: desastre.

Eu lembro até hoje como foi minha primeira vez na cozinha. Minha mulher mandou uma mensagem dizendo: "Amor, você poderia fazer alguma coisa pra gente jantar hoje, né?!"

Eu tentei. Juro que me esforcei. Até lembro que minha mulher chegou em casa dizendo:

— Você tá cozinhando, né? Dá pra sentir o cheiro lá da rua.

Eu disse:

— Hmmm... Cheirinho bom?

Ela respondeu:

— Não, de queimado!

Só sei que no outro dia ela mandou mensagem falando: "Amor, pelo amor de Deus, pode deixar que eu faço a janta hoje."

Uma coisa que aprendi é que a primeira coisa que um homem precisa ter em mãos quando vai cozinhar é um kit de primeiros-socorros, porque ele vai se cortar e/ou se queimar. Certeza!

Sou tão bom cozinhando que, quando eu corto uma cebola, nem choro. Quem chora é minha mulher, porque ela sabe que eu vou cozinhar.

Pior que eu não sei o que acontece. Eu já até tentei pegar receitas na internet e seguir todos os passos cuidadosamente. E deu errado. E a receita era de miojo. Aliás, até salada eu já consegui errar. Eu cortei o tomate, ralei uma cenoura, coloquei umas folhas de alface. Mas ninguém me disse que precisava lavar tudo antes. E muito menos que tinha que temperar a salada.

Só que ter um homem na cozinha também tem um lado muito positivo. É que vai ter menos louça pra lavar depois. Porque metade ele vai quebrar tentando fazer alguma coisa.

Acho que a maioria das mulheres quer que o marido cozinhe pra elas poderem ficar um tempo jogadas no sofá, só relaxando. Mas é óbvio que não é o que vai acontecer, porque o homem vai ficar lá da cozinha gritando coisas do tipo:

— Amooorr, quando que o arroz tá bom mesmo?

— Amooorr, a carne tá meio preta. E agora?

— Amooorr, fui cozinhar um ovo e ele explodiu. Não dá pra cozinhar ovo no micro-ondas?

Mas não desisto fácil. Foquei em aprender a cozinhar. Minha mulher até ficou feliz com isso. Primeiro pelo esforço em agradá-la. Segundo porque ela queria reformar a cozinha, e, depois que eu comecei a mexer lá, foi necessário fazer uma reforma.

O fato é que com o tempo a gente vai pegando a prática e aprendendo muitas coisas sobre a cozinha. Hoje, por exemplo, eu já sei diferenciar o forno elétrico do micro-ondas. O forno elétrico é aquele em que você bota a comida congelada durante três minutos e ela ainda sai fria.

Mas agora eu já sei fazer várias coisas diferentes. Sei fazer lasanha, escondidinho, yakissoba, estrogonofe, frango à parmegiana. Tudo graças à Sadia, que lançou uma linha de congelados que é só colocar no micro-ondas e esperar pra comer.

E o melhor de tudo é que é rápido. Ou seja, minha mulher nem tem muito tempo pra ficar jogada no sofá vendo TV enquanto eu "cozinho". Não que eu não queira que ela descanse. Só quero evitar que ela assista ao programa do Rodrigo Hilbert, que já me trouxe problemas demais.

louça mutante⁵

Minha noiva tem dois talentos muito grandes na cozinha. Um deles é cozinhar. Ela sempre faz coisas ótimas. É realmente uma excelente cozinheira. O outro talento é sujar louça. Sério, ela pode fazer só um ovo frito. Mas pra isso ela vai usar duas frigideiras, três panelas e cinco potes. Porque mulher sempre usa potes. Elas chegam a ter um pote pra guardar potes. E, quando vão cozinhar, sujam todos.

Pior que nessa hora eu sempre me dou mal, porque é preciso dividir as tarefas (sim, galera, casar é dividir as tarefas em casa). E, como eu sei que ela manda bem na cozinha, o acordo fica em ela cozinhar e eu lavar. O que já é um pouco injusto, porque ela adora cozinhar e eu detesto lavar louça. E é tanta louça suja que, quando tô acabando de lavar a do almoço, já tá na hora de fazer a janta.

Minha noiva é extremamente fã de programas de culinária. Assiste a todos. Aliás, muitas das receitas que ela faz são desses programas. Só que, quando os programas postam as receitas no site, elas vêm incompletas. Sempre tem as informações dos ingredientes, do preparo e do tempo médio. Poderiam colocar também o tempo médio pra lavar a louça que se suja fazendo as receitas. Isso ajudaria muito na hora de escolher o cardápio do dia.

Ou, melhor ainda: programas de culinária, por favor, quando colocarem as receitas no seu site, coloquem a informação do número máximo de louça que se suja pra fazer aquele prato. Assim dá pra rolar um acordo de que só vai ser lavado o que está na receita.

E não basta só lavar. Também é preciso secar e guardar. E surgem outros dois problemas. Guardar é difícil, porque a gente nunca sabe direito para onde as coisas vão. Até porque, quando a gente aprende, a mulher troca tudo de lugar. Pior ainda é guardar panelas, que normalmente você precisa encaixar umas nas outras pra caber tudo.

Sério, nem 20 anos de experiência jogando tetris me fazem conseguir ter sucesso nisso.

    Sobre secar, é outro grande problema. Primeiro porque homem não sabe secar. Eu não consigo nem ME secar direito depois do banho, imagina secar a louça. Sem contar que eu demoro muito mais pra isso. Porque, cada vez que eu tô quase acabando de secar uma peça, eu vejo a quantidade de coisas que ainda tem na pia, aí as lágrimas caem e molham a louça de novo.

tomando banho junto

Quando você casa, tem uma coisa do cotidiano que muda completamente, que é tomar banho. Tem quem ache que tomar banho depois de casado é uma maravilha, porque sempre vai rolar de tomar banho junto. Só que essa magia vai, literalmente, por água abaixo. Por fim, nem o homem quer mais tomar banho junto. Porque a gente sempre acha que no banho vai rolar de tudo, mas o máximo que rola é um esporro por não se lavar direito.

É que, quando o casal toma banho junto, o homem precisa se lavar direito pra mostrar pra companheira que é limpinho, e a gente não gosta disso. Banho de homem é praticidade. É SSE — Saco, Sovaco e o Enrugadinho.

Por outro lado, é ótimo tomar banho junto com a mulher. Porque daí você consegue evitar que ela use a sua gillette pra se depilar. E nessa parte eu não entendo as mulheres. Elas reclamam se a gente deixa uns pelinhos no sabonete, mas elas podem deixar nossa gillette igual ao Tony Ramos.

Falando em pelos, impossível não comentar sobre cabelo. Quando casa, você vê o quanto a mulher perde cabelo. Cada vez que a minha noiva sai do banho, no ralo tem cabelo suficiente pra fazer umas três perucas. Eu imagino ela tomando banho com aquela música "Love by Grace" tocando de fundo e o cabelo caindo no chão.

Outra coisa que me assusta é a quantidade de produtos que mulher usa pra lavar o cabelo. No box do nosso banheiro tem uns 15 tipos de xampus diferentes. É muita química. Por isso que elas perdem cabelo.

E elas dizem que tem diferença entre cada um deles. Não é tudo xampu; também tem condicionadores, hidratantes, cremes etc. Pra homem isso não faz o mínimo sentido. Pra gente é tudo igual. Aliás, a gente só sabe diferenciar o xampu do condicionador porque o condicionador é o que não faz espuma. Mas se bobear a gente lava a cabeça com sabonete íntimo, porque ele sempre fica junto com os xampus, e esse faz espuma.

Pior que rola um ciúme gigante de cada pote daqueles. Ai do homem que ousar tocar nos xampus da mulher. Você vai ver que TPM não é nada perto daquela fúria. Acho que é por isso que dizem que "é dos carecas que elas gostam mais": porque eles não têm cabelo pra usar o xampu delas.

E juro que não entendo a preocupação toda que mulher tem com os xampus. Porque os xampus nós vamos, no máximo, usar na cabeça. Elas deveriam se preocupar com o sabonete, porque a gente usa ele em lugares inabitáveis. Como falei, o nosso banho é SSE — Saco, Sovaco e o Enrugadinho. Quem entendeu, entendeu.

Casar é...

inovar e começar a fazer em outros lugares da casa o que antes você só fazia na cama. Por exemplo: ontem eu dormi no sofá.

amor, tô gorda?

Existe uma pergunta que a mulher faz pro seu companheiro que é fatal. É uma pergunta que não tem resposta certa. É uma pergunta que, quando feita, só serve pra criar o caos na Terra. E essa pergunta nunca é feita do nada. Ela sempre segue um ritual que é o seguinte: coloca uma roupa, se olha no espelho, passa a mão pelo corpo, olha pro companheiro e diz:

— Amor, tô gorda?

Cara, nessa hora não tem o que responder. Simplesmente faça suas malas e vá passar uns dias fora de casa. Não interessa o que você responda, você vai estar errado. Porque você pode achar sua mulher a mais linda do mundo e responder sinceramente:

— Claro que não. Você está linda como sempre.

Ela vai te olhar com raiva e dizer:

— Não tô não! Eu engordei, mas você nem repara em mim. Eu tô me sentindo péssima. E já vi que nem posso contar com a tua opinião.

Daí você tenta corrigir e diz:

— Tudo bem. Se você diz, eu concordo, então. Você engordou um pouco, mas está linda como sempre.

E ela vai gritar:

— Tá vendo?!! Eu sabia que você me achava gorda!!! A partir de hoje eu só vou comer salada, porque você acabou de dizer que eu tô gorda. Você me ofendeu.

Como assim? Me dá pelo menos uma opção de resposta certa, poxa. E às vezes rola a pressão forte mesmo, de a mulher te olhar e dizer:

— Vou te dar mais uma chance: você acha que eu tô gorda ou não?

Nessa hora a gente não sabe o que fazer. Dá vontade de ligar pra mãe e pedir ajuda. Mas certeza que a mãe falaria:

— Tá me ligando pra falar sobre isso por quê? É uma indireta? Você tá querendo dizer que eu tô gorda?

Se eu pudesse dar uma dica pros homens, a dica seria: quando tua mulher te fizer essa pergunta, finja um desmaio. Eu sei que não devemos fugir dos nossos problemas, mas nesse caso não tem o que fazer. E todo homem passa por esse momento na vida. Vai ver que até Santos Dumont passou por isso. Acho que, quando a mulher dele perguntou se tava gorda, ele pensou:

— Meu Deus, preciso inventar alguma coisa pra sair voando daqui.

Mas sempre chega a hora em que a poeira baixa e tudo volta à calmaria. Até que a mulher olha pro marido de novo e pergunta:

— Amor, você não tá notando nada de diferente em mim?

Nessa hora pode fazer as malas de novo e passar mais uns dias fora de casa.

o caminho para a felicidade é...

Ontem minha noiva veio toda querida falar comigo. Toda querida mesmo. Com aquela queridice que você tem certeza de que vai dar m****, porque ela nunca é querida assim do nada. Eu tava sentado no sofá. Ela sentou do meu lado. Ela pegou o celular dela. Daí ela falou:

— Vamos fazer um teste de casal que todo mundo tá fazendo no Facebook?

Eu ainda tentei argumentar falando que nosso relacionamento tava muito bom e que esses testes só servem pra causar brigas, que era melhor deixar pra lá, que coisas de Facebook são besteiras. Mas mulher é mulher. Se ela quer, ela vai insistir até você fazer o que ela quer. Então, beleza, topei. E, enquanto eu respondia às perguntas, já fui arrumando o sofá, porque eu sabia que era ali que iria dormir.

Ela, com um sorriso no rosto, me fez a primeira pergunta:

— O que eu sempre digo pra você?

Respondi:

— Não.

Ela questionou:

— Mas não o quê?

Falei:

— Não pra tudo. Qualquer coisa que eu diga você fala *não*.

Ela fechou a cara e disse:

— Não é verdade!

Eu falei:

— Aí, ó, tá vendo?! Acabou de falar *não* de novo.

Ela já ficou com raiva. Ainda tentei fazê-la parar o teste, mas ela tava decidida a fazer aquilo até o fim. A segunda pergunta era sobre o que a fazia feliz. Respondi sem hesitar:

— Comer!

Ela ficou P da vida. Já veio falando:

— Comer? É uma indireta pra dizer que eu sou gorda? Que eu só penso em comer? É isso?

Tentei explicar e acalmar a situação. Não adiantou muito. Mas ainda assim ela foi pra terceira pergunta:

— O que me deixa triste?

Então respondi, com toda a certeza:

— Quando eu digo que a coisa que mais te deixa feliz é comer, porque você não admite.

Depois dessa resposta o teste teve uma pausa para eu sair correndo e me esconder até ela se acalmar. Mas o teste continuou, e eu só me enterrava mais. Na pergunta da idade eu quis agradar e falei menos do que era, daí levei um esporro porque não sabia quantos anos ela tinha. Na pergunta sobre qual era a altura dela, respondi que era na altura do meu ombro, mas ela ficou P da vida porque queria números.

Enfim, tudo estava indo por água abaixo, até que veio a pergunta pra quebrar de vez. Ela me olhou já com sangue nos olhos e questionou:

— O que eu mais gosto de fazer?

Respondi com um sorriso:

— Cozinhar!

Ela abriu um sorriso também e, feliz, me disse:

— Essa você acertou em cheio. Como você sabia?

Eu respondi:

— É que o que mais te deixa feliz é comer, então eu sei que você gosta muito de cozinhar pra comer.

O teste acabou ali mesmo. E quase que a minha vida também. Ela estava furiosa. Então, tentei acalmar as coisas. Com um tom de voz baixo e suave, falei:

— Calma! Eu te falei que esses testes só servem pra causar problemas na relação. Deixa isso pra lá. Eu só tava brincando nas respostas. Relaxa! Te acalma! E, pra te acalmar e ficar tudo na boa, o que você acha de a gente sair pra comer num lugar legal?

Ela respirou fundo, me olhou já um pouco mais calma e disse:

— É, você tem razão. Desculpa. Vamos sair pra comer, sim. Vai ser bom.

Depois de falar isso ela me deu um sorriso. Daí eu olhei pra ela e, sorrindo também, falei:

— AÍ, Ó, TÁ VENDO COMO COMER TE FAZ FELIZ?!

Aproveito para dizer aqui que estou procurando um apartamento pra alugar. Quem tiver indicações, agradeço.

TPM

Casar é aceitar uma pessoa como ela é, com todas as suas qualidades e defeitos. É amar tudo nela, do jeitinho que Deus fez. Mas vamos ser sinceros: TPM não é de Deus.

TPM é aquele período em que, não importa o que você, homem, faça, você estará errado. Quando a mulher tá na TPM ela chega em casa, fecha a porta, vem na tua direção e te xinga. Muito. Sem motivo algum. E a única coisa que você pode fazer é ficar quieto.

De preferência sem respirar, porque qualquer som emitido será usado contra você.

Depois de te xingar muito, ela vai virar de costas, dar três passos e parar. Quando ela para, é aquele momento em que você aprende o que é o medo. A espinha gela, você sente arrepios onde nem sabia que existiam pelos, as mãos suam, as pernas tremem e você perde o controle do esfíncter. Aí você acha que ela vai voltar e te matar aos poucos enquanto ela lembra de coisas erradas que você fez em 1998, muito antes de terem se conhecido. Mas não. Na verdade ela apenas se vira, vem até você, te chama de grosso e sai chorando.

Sério, você estava quieto. Não falou nada. E ainda assim você é grosso. Simplesmente aceite. Não discuta. Não há o que fazer quando a mulher está na TPM. No máximo você pode ficar a uma distância segura jogando alguns chocolates pra tentar acalmá-la, mas não vai adiantar muito. Garanto.

Dizem que toda mulher consegue fazer mil coisas ao mesmo tempo, e a TPM é a prova disso. Porque nesse período ela ri, chora, xinga, faz carinho, te bate e joga cadeiras em você. Tudo ao mesmo tempo.

A TPM também é o período em que as mulheres provam quão cruéis elas são, porque elas sabem que estão passando por um turbilhão de emoções por causa dos hormônios, e mesmo assim colocam a culpa na gente. Só de sacanagem.

Minha definição de TPM é "Tenho Pena de Mim". E tem mulher que avacalha. Tem umas que sofrem de uma síndrome grave que eu chamo de TPDPM, que é a "Tensão Pré, Durante e Pós-Menstruação". Daí, amigo, é o mês inteiro de esculacho.

E tudo que falo é com propriedade. Neste exato momento minha mulher está na TPM. Eu estou escrevendo este texto escondido no armário. Trouxe comigo dois pacotes de bolachas e quatro garrafas de água. Acredito que consigo ficar aqui por uns três dias. Só que preciso parar de escrever, porque acho que ela escutou o barulho do teclado do notebook. Se eu não postar nada amanhã, por favor, avisem a polícia. Minha mulher pode ter me achado.

se de dia a gente briga...
(à noite a gente vai pro sofá)

Dizem que "em briga de marido e mulher não se mete a colher", e esse é um dos ditados mais certos que existem. Todo casal briga ou, pelo menos, vai brigar em algum momento. Mas todo casal também vai se acertar depois. Porque eles se amam. Mas, claro, agressões físicas não devem acontecer nunca. Então até prefiro trocar o termo "brigar" por "discutir". Brigar sempre me lembra agressão, e isso não deve acontecer JAMAIS.

Muitos motivos podem levar um casal a discutir. Algumas vezes é o estresse do trabalho e do dia a dia, que faz com que um ou outro estoure em casa. Às vezes é a TPM. Às vezes é porque o homem esqueceu de lavar a louça como tinha prometido. Às vezes é porque o homem poderia ter varrido a casa e não varreu. Às vezes é porque o casal tem uma calopsita e o homem esqueceu de trocar a água e botar comida pra ela. Às vezes é porque a mulher chegou em casa estressada com o trabalho, de TPM e viu que o homem não lavou a louça, como tinha prometido, não varreu a casa, não deu comida e nem trocou a água da calopsita. Isso porque ela nem imagina que, depois da discussão, ele ainda vai fazer um post em uma página no Facebook tirando sarro de toda a situação.

Toda briga de casal começa praticamente igual: a mulher acusa e o homem se defende. Daí os dois começam a falar alto achando que têm razão, mas os dois já estão errados. Daqui a pouco a discussão já tomou outros rumos. Nem se sabe mais qual foi o primeiro motivo. Esse é o momento em que a mulher quer ganhar. Ela vai se lembrar de todas as coisas erradas que você fez desde 1982, por mais que você tenha nascido em 1987. Daí vai estufar o peito e dizer:

— BOA NOITE!

Essa é a hora em que o homem simplesmente deveria ficar quieto. A discussão acabou, e ela foi dormir. Mas não, porque homem é burro. Ele se levanta e vai atrás, querendo dar um jeito de inverter a situação. Enquanto caminha, ele tenta lembrar de coisas que ela também tinha feito de errado, mas homem é tanso, não lembra de nada. Aliás, se tivesse lembrado só de lavar a louça, varrer a casa e cuidar da calopsita, a briga nem teria começado.

Então o homem vai até o quarto e solta a frase mais genial em que consegue pensar no momento:

— TÁ BRAVA COMIGO?

É óbvio que ela tá, animal! Mas homem é assim. A gente não pensa.

Só que a mulher, como sabe que já saiu por cima e não tá a fim de arriscar perder a razão, só diz:

— Tá tudo bem. Eu só não quero que a gente brigue mais.

Ótimo. Um final lindo e feliz. Os dois poderiam deitar, dormir e acordar no outro dia numa boa. Mas nããããão. Estamos falando de um ser que se chama homem. O que a gente faz? Na nossa cabeça se passa o seguinte: "Já que a tempestade passou, acho que é uma ótima ideia eu chegar junto pra fazer as pazes de um jeito especial." Então a gente deita na cama todo carinhoso, dá um beijinho no ombro e diz:

— Desculpa, amor.

É nessa hora que tudo vai por água abaixo.

A mulher levanta a cabeça com a calma e a tranquilidade da menina do exorcista. Ela não vai vomitar uma gosma verde, mas vai vomitar as palavras:

— DESCULPA??? ENTÃO VOCÊ ADMITE QUE ESTAVA ERRADO, NÉ??!! E PODE IR SAINDO DAQUI. HOJE NÃO VAI TER NADA NÃO.

E é chegada a hora de pegar o travesseiro e ir pro sofá.

aplicando castigos

Não dá pra entender. O maior castigo pros homens casados é ter que ir dormir no sofá. A não ser que você queira ficar no sofá até mais tarde vendo televisão ou jogando videogame. Daí o teu castigo é ir pra cama.

Se formos pensar bem, não faz o mínimo sentido ser um castigo dormir no sofá. Porque no sofá da sala eu vou ter TV a cabo, videogame, Netflix e tudo mais que eu quiser. Fora o espaço pra sentar e deitar à vontade sem ninguém me empurrando.

Quando minha noiva começou com esse negócio de castigar me mandando pro sofá, logo pensei que, quando tivéssemos filhos, seria necessário chamar a Super Nanny pra ensinar a dar castigos de verdade. Se continuasse nessa onda, o castigo do nosso filho quando aprontasse algo seria ir pro parque Beto Carrero.

Enfim, esses dias eu tava louco pra ficar no sofá e aproveitar a TV. Como não podia demonstrar isso, fiz todo um jogo. Fomos para a cama e, em vez de dormir, fiquei mexendo no celular. Depois comecei a balançar as pernas na cama. Como não estava adiantando muito, comecei a cantar baixinho. E estava cantando Raça Negra.

O golpe final foi ficar quieto por cinco minutos até escutar a respiração dela ficar profunda. Daí dei um tapa no ombro dela falando:

— Já tá dormindo?

Ela acordou assustada, P da vida:

— É claro que eu já tô dormindo. O que você quer?

E eu falei:

— Nada. Só queria ver se você tava dormindo mesmo.

Foi a gota-d'água. Na hora ela me mandou dormir no sofá. E eu fui. Feliz e sorridente. Chegando no sofá, vi que ela tinha escondido os controles da TV e do videogame. Não dava pra usar nada. Até no carregador de celular ela tinha dado fim. Fiquei no sofá sem nada pra fazer.

Realmente precisamos chamar a Super Nanny. Ela precisa aprender a aplicar castigos de verdade com a minha noiva.

Casar é...

aprender a superar juntos coisas negativas. Principalmente o saldo da conta bancária.

em 10 vezes

Q uanto mais tempo eu passo com a minha noiva, mais eu vejo o quanto as mulheres gostam de coisas parceladas. E não, não estou falando só de compras; estou falando de tudo. Elas gostam de parcelar tudo. Inclusive as compras.

Aliás, falar de compras seria o básico. É só ver: você tá no shopping e ela vê um sapato que custa R$ 400,00. Ela pode achar lindo, mas não vai comprar, porque vai achar caro. Mas daí ela vê o mesmo sapato, e na vitrine o preço bem grande: "10 x de R$ 50,00".

Ela não tem dúvidas: vai lá e compra. Porque parcelado é bem melhor.

Mas elas levam o parcelamento pra vida. Por exemplo: você, homem, está em casa numa boa sentado no sofá. Sua mulher olha e diz:

— Por favor, pega um copo d'água pra mim?

Claro, você, como bom companheiro, vai. Você volta, entrega o copo d'água e senta no sofá de novo. Sua mulher te olha e diz:

— Agora vai na cozinha de novo e pega um chocolatinho.

E você vai. Traz o chocolate e senta no sofá. Ela te olha e diz:

— Obrigado, amor. Agora leva o copo vazio de volta pra cozinha.

Você vai. Mas já vai P da vida. E ainda pergunta:

— E você quer mais alguma coisa da cozinha?

Ela diz:

— Não, só isso.

Você vai, leva o copo, volta pra sala e senta. Ela diz:

— Agora vai lá no quarto e busca meu casaco, por favor.

Sério, elas pedem as coisas pra gente de forma parcelada. E não é só isso. Pra mulher, tudo é parcelado. Não é por acaso que as mulheres adoram ver novelas e séries: é porque elas podem assistir à história toda em pequenas parcelas. É por isso que mulher dorme no meio dos filmes: porque ela vê uma parcela e dorme, pra depois acordar e ver um pouco mais.

E já repararam quando mulher vai dormir? Ela deita e dorme. Daí levanta e vai no banheiro. Deita e dorme mais um pouco. Daí levanta e vai no banheiro. Deita e dorme mais um pouco... Até pra dormir elas conseguem fazer o negócio de forma parcelada. Aliás, isso vale até pra se cobrir na hora de dormir. Mulher não se cobre inteira: ela sempre deixa uma parte do corpo fora do cobertor. É uma forma de parcelar o aquecimento.

Pra tudo mulher consegue uma forma de parcelar. Eu acho que um dia Deus chegou pra mulher e disse:

— Quando você estiver para se tornar adulta, vai precisar passar um mês inteiro sangrando e com muitas cólicas. Será desconfortável, mas vai ser uma vez só na vida.

E daí a mulher respondeu:

— Não dá pra dividir isso em pequenas parcelas todos os meses durante alguns anos e chamar de menstruação?

Só tem uma coisa em que mulher não fala nada de parcela. É quando rola uma briga de casal. Independentemente de qual tenha sido o motivo da briga, ela nunca admite que tenha uma parcela de culpa. Nesse caso a culpa é toda do homem.

    Ainda assim, durante a discussão, é comum a mulher gritar, virar as costas e sair. Daqui a pouco ela volta e grita mais. Porque até o esporro é parcelado.

pagando o preço

Nos primeiros dias em que fomos morar juntos, fizemos uma coisa que todo casal faz: compras. Ir ao mercado é algo que eu odeio muito. Prefiro que me mandem pra um show do Calypso do que pro mercado. Mas não me deram essa opção: tive que ir pro mercado mesmo.

A questão é que, depois que a gente vai morar junto, tudo muda muito. Dizem que você começa a dar mais valor pra algumas coisas, e é verdade. Eu comecei a ver o real valor de coisas que eu nem imaginava, por exemplo, dos produtos de limpeza e higiene.

Tudo que envolve limpeza e higiene é caro. Sério, depois de ver o preço dos produtos de limpeza eu entendi aquela frase: "Nóis é pobre, mas é limpinho." Quem é limpinho fica pobre mesmo.

Antes eu sempre achava que o cara rico era aquele que ia na parte de vinhos importados no mercado. Agora eu vejo que não; rico é o cara que enche o carrinho de produtos de limpeza. O cara que compra Pato Purific pra limpar o vaso, então, é milionário.

Luan Santana dizia: "te dei o sol, te dei o mar pra ganhar seu coração". Dar o sol e o mar é fácil; quero ver ele dar um Ajax Festa das Flores.

É tudo caro. Até um papel higiênico digno é caro. Digo digno porque, claro, existem aqueles baratos, que a cada passada você ganha uma esfoliação de brinde. Então você só tem duas escolhas: ou paga barato e se limpa com um pedaço de casca de cactos, ou paga caro pra tratar bem o seu enrugadinho. A questão é que, de uma forma ou de outra, você sente como se perdesse as pregas.

Você que é casado com uma mulher que sofre de prisão de ventre, agradeça. E, claro, mantenha a sua mulher sempre longe do Activia. A economia em papel higiênico vai ser significativa.

Falando em banheiro, eu também fui comprar um treco daqueles pra dar cheiro no banheiro, pra evitar odor e tal. Já viram o preço disso? Não é à toa que aquele moleque sempre ia fazer cocô na casa do Pedrinho. Até eu, que nunca consegui ir no banheiro fora de casa, já tô querendo ir fazer cocô na casa do Pedrinho pra economizar.

E não para por aí. Produtos pra lavar roupa são tão caros que eu nem reclamo mais se a minha noiva deixa calcinha pendurada no box. Eu até incentivo, porque é sinal de que ela tá lavando a calcinha no chuveiro, e mais vale lavar a calcinha usando sabonete, que é barato, do que deixar pra lavar com sabão em pó. É só usar Protex que já elimina todas as bactérias!

Hoje eu entendo por que os pais não deixam mais as crianças brincarem na rua. Não é superproteção, é pra não se sujar. Daí vem o Omo falando que "se sujar faz bem". O c* deles. Dá até vontade de escrever numa camiseta: "Abaixe o preço do sabão em pó" pra ir protestar na frente do Omo. Só não faço isso porque vou ter que lavar a camiseta depois, e sabão tá muito caro.

na riqueza e na pobreza

Existe aquela famosa frase, comum nos casamentos, na qual os noivos prometem ficar juntos na saúde e na doença, na alegria e na tristeza, na riqueza e na pobreza. Mas vamos ser sinceros: a parte da pobreza é cruel.

Pior que o começo da vida de casado normalmente vai ser com a parte do "na pobreza". Quando os dois vão morar juntos é preciso pagar as contas da casa e, claro, eles vão precisar cortar algumas coisas por causa disso.

Quando as contas começam a chegar, a primeira coisa que você tem vontade de cortar é os pulsos.

O importante é analisar bem quais são os gastos que podem ser evitados. Por exemplo: se você vai no bar toda semana com os amigos tomar cerveja, você pode cortar isso pra uma vez por mês. No máximo. Ou então a sua mulher vai é cortar o seu pinto. De uma forma ou de outra, vai ter corte.

Isso também vale pras coisas que antes o casal fazia junto. Sabe quando vocês estavam namorando e sempre rolava uma saidinha pra jantar num rodízio de massas? Isso vai se transformar em um jantar em casa onde a opção de massa que vocês têm é macarrão com salsicha.

Sabe quando vocês estavam namorando e, na hora do almoço, saíam do trabalho e se encontravam em algum lugar pra almoçar juntos? Agora vocês vão levar marmita de casa. E vai ser o macarrão com salsicha que sobrou da janta.

A falta de dinheiro impacta em muita coisa. Tem mulher que diz que, depois que casa, o homem não se arruma mais. Mas não é bem assim. É que falta dinheiro pra comprar roupa nova, daí a gente anda com as velhas mesmo.

Também tem mulher que diz que, depois que casa, acabou o romantismo. Mas romantismo custa caro. Não dá pra comprar buquê de flores, não dá pra levar em restaurante caro, não dá pra passar o final de semana em hotel fazenda. Há quem diga que ainda assim dá pra ser romântico com pequenos atos, como levar um café da manhã na cama, por exemplo. Beleza. Então tenta acordar sua mulher levando uma bandeja só com café preto e pão com margarina pra ver se ela vai achar isso romântico.

O bom de não ter dinheiro é que, se o casal ficar junto ainda assim, essa é a maior prova de que eles se amam de verdade. Mas, quando se é um casal, é preciso superar tudo juntos. Então, conversem e se organizem porque é possível sair juntos dessa pindaíba. E isso vai até tornar o relacionamento mais forte.

Apesar do que dizem que ter dinheiro demais também causa brigas entre o casal. Se é verdade eu não sei, mas acho que eu adoraria brigar com a minha noiva pra decidir se iríamos passar as férias nos EUA ou na Europa.

difícil encontrar o limite

Nos primeiros encontros sempre tem aquela questão de quem vai pagar a conta do jantar. Depois de casados, tanto faz. Até porque agora vocês dividem tudo. Até a conta no banco é conjunta.

A única coisa que vai ser levada em consideração na hora de pagar alguma coisa vai ser qual dos dois ainda tem limite disponível no cartão. Porque depois de casar a gente nunca mais tem dinheiro pra nada. O máximo que a gente tem é limite no cartão pra fazer compras parceladas.

Aliás, lembro bem que, no começo de relacionamento, todo mês nós mandávamos cartinhas um pro outro com juras de amor. Agora, todo mês recebemos cartinhas com os juros do cartão.

Esse negócio de finanças do casamento mostra que a matemática que aprendemos no colégio está errada. Porque sempre ensinaram que menos com menos dá mais. Agora, depois de casado, eu aprendi que menos com menos dá menos ainda. Nossa conta tá tão negativa que está lendo livros de autoajuda.

Se parar pra pensar, nem dá pra dizer que temos uma conta bancária. Temos, no máximo, uma área de transferência. Porque o salário entra lá e já vai, automaticamente, pra pagar os boletos do mês.

Depois de pagar os boletos, nada melhor que pendurá-los na geladeira pra lembrar que estão pagos. Porque quem gosta de bilhetes românticos pendurados na geladeira são os casais de namorados. Casados gostam mesmo é de ver os boletos pagos.

Já teve uma vez que fiquei paranoico. Falei pra minha noiva que iríamos cortar todos os gastos. Estávamos proibidos de comprar roupa, de sair pra jantar, de ir ao cinema, de comprar besteiras no mercado e qualquer outra coisa. Ela ficou P da vida e, entre alguns xingamentos, me disse:

— Você está passando dos limites, Danilo.

Pior que sempre tive problemas com isso. Eu sou muito 8 ou 80. Tenho dificuldade em saber dosar as coisas e achar o limite. Então pensei bem e vi que estava sendo radical. Em seguida convidei minha noiva pra sair. Fomos ao cinema, jantamos fora e ainda compramos algumas roupas.

No outro dia o gerente do banco me ligou dizendo:

— Olá, estou vendo aqui os seus gastos no cartão. Você passou dos limites, Danilo.

dia mais esperado do mês

Enquanto o casal está só namorando, a data mais esperada do mês é o dia do aniversário de namoro. Nesse dia os dois vão para algum restaurante (de preferência um dos mais caros) pra um jantar especial. Melhor ainda se o restaurante tiver uma vista privilegiada e os dois puderem comer olhando para uma lua cheia. Afinal, para os namorados, nada é mais romântico que uma lua cheia.

Depois de casados a data mais esperada do mês é o dia em que carrega o cartão-alimentação. Nesse dia os dois vão para algum mercado (de preferência o mais barato) pra fazer as compras do mês. Melhor ainda é chegar em casa, guardar tudo e poder olhar pra geladeira cheia. Afinal, para os casados, nada é mais romântico que uma geladeira cheia.

Casar é...

saber enlouquecer sua mulher até na hora do jantar. É só limpar a boca na toalha da mesa.

reparar nelas

As mulheres costumam reclamar que nós, homens, não prestamos atenção nelas. Que nunca reparamos na roupa, no cabelo, na maquiagem nem em nada. Bom, eu gostaria de dizer que até reparamos, mas às vezes não falamos nada pra evitar discussões. Vou explicar.

Um dos motivos é que, se cada vez que a mulher aparecer com sapatos ou roupas novas a gente comentar, ela vai achar que é perseguição e que estamos querendo insinuar que ela tá gastando muito. Caso isso aconteça, sempre pode rolar de ela falar algo do tipo:

— Se eu tô gastando com isso, o problema é meu. É o meu dinheiro. Pelo menos eu gasto com coisas que eu vou usar durante um bom tempo. Pior é você, que gasta com cerveja, bebe, depois vai no banheiro e já coloca tudo pra fora!!!

E aí, amigo, já era.

Mas também tem outras possíveis discussões. Por exemplo, a mulher se arruma pra sair, vai até você e pergunta:

— Você acha que tá bom assim?

Daí você olha e, com toda a sinceridade, responde:

— Tá ótimo. Gostei!

Então ela te olha, P da vida, e diz:

— É mentira sua! Você nem olhou direito. Você não gostou dessa roupa, só tá falando que tá bom porque quer sair logo. Só de raiva eu vou trocar, porque eu sei que tá horrível!!!

E aí, amigo, já era.

Mas daí ela troca de roupa, volta e pergunta:

— O que você acha dessa?

E você, sendo sincero outra vez, responde:

— Dessa eu não gostei muito. A outra tava bem melhor.

Então novamente ela te olha, P da vida, e diz:

— Eu sabia! Você nunca gosta das roupas de que eu gosto. Não posso nem usar uma coisa com a qual me sinto bem porque você critica!!!

E aí, amigo, já era.

Resumindo, é difícil agradar na resposta. Acho que o segredo tá em equilibrar a opinião. Elogie, mas critique alguma coisa. Dessa forma ela vai ver que você realmente reparou nela, vai se sentir bem com o que você elogiou e vai mudar o que você criticou pra se sentir bem com tudo. Mas nem sempre é tão simples.

Você sempre corre o risco de acontecer o seguinte: sua mulher se arruma, chega pra você e pergunta:

— Você acha que eu tô bem assim?

Você, sendo sincero e equilibrando a opinião, diz:

— Tá quase tudo ótimo. Roupa, cabelo, maquiagem e sapato estão combinando perfeitamente. O que você acha só de trocar essa pulseira e os brincos por aquele outro que tem detalhes de pedra?

Nessa hora ela te olha com uma sobrancelha levantada, cara de desconfiada, e diz:

— Que negócio é esse de saber se a maquiagem e cabelo estão bons ou não? E que p**** é essa de saber combinar acessórios com roupa? Quem te ensinou isso???

E aí, amigo, já era.

homens fazem sim

Eu concordo que nós, homens, temos muitos defeitos. Mas também acho que as mulheres precisam ter mais paciência com a gente. Por exemplo: se eu falei que vou fazer alguma coisa, eu vou. Não precisa ficar me lembrando daquilo todo mês.

Digo isso porque recentemente nós compramos uma torneira elétrica. Eu não queria comprar, mas a minha noiva queria muito. Tudo porque eu sempre disse que não gostava de lavar louça porque a água era muito fria. Então ela quis comprar pra que eu ajudasse a lavar a louça. E, pra provar que eu estou, sim, disposto a lavar a louça, comprei uma torneira elétrica. E agora preciso arrumar outra desculpa.

Mas o fato é que nós compramos e ela já quis que eu instalasse logo que chegamos em casa. Poxa, não é assim que funciona. Primeiro nós, homens, precisamos ler o manual. Depois entendê-lo. Depois assistir a vídeos na internet que ensinem a instalar a torneira. Depois precisamos ficar meia hora parados na frente da torneira antiga fazendo um estudo visual de como fazer a troca. Depois a gente vai dormir e deixa pra instalar no outro dia, afinal o nosso estudo visual prevê que vai demorar muito tempo pra fazer o serviço, então é melhor começar no outro dia bem cedo.

O fato é que homens são assim. E a indústria dos produtos pra casa já entendeu isso. É por esse motivo que os aparelhos têm cada vez mais tempo de garantia de fábrica. Não é porque a qualidade está cada vez melhor, é porque o pessoal sabe que o homem só vai instalar as coisas meses depois de comprar. Daí, se tiver algum defeito, ainda dá tempo de trocar.

Mas eu já tomei uma atitude firme para instalar a torneira elétrica. Fiz o que todo homem faz quando quer resolver um problema em casa. Pedi pro meu pai vir me ajudar. E agora eu sei que a instalação vai acontecer.

Provavelmente isso vai ser no próximo final de semana. Ou não, porque no sábado que vem é aniversário do meu pai, e eu não vou fazê-lo trabalhar no aniversário. Então vai ser no outro final de semana. Se bem que no outro final de semana eu acredito que eu precise viajar. Mas aí vai ser no outro, sem falta. Se eu ou o meu pai não tivermos compromisso. Ou se não tiver tempestade, porque é perigoso mexer com eletricidade em dias de tempestade. Ou se não tiver muito sol, porque senão é muito calor pra trabalhar. Ou se não tiver um dia muito frio, porque senão pode dar choque térmico com a água quente da torneira elétrica. Ou se não tiver um dia nublado com temperatura agradável. Afinal, se tiver assim eu vou querer mais é dormir e não instalar uma torneira elétrica.

Isso é só pra mostrar pra vocês, mulheres, que nem tudo é tão simples quanto parece. Instalar uma torneira elétrica depende de muitas variáveis. Mas eu vou me esforçar pra resolver isso o quanto antes. O ruim é saber que minha noiva vai ficar me cobrando a instalação dessa torneira durante meses.

casar me melhorou

Eu não posso reclamar de ser casado. Casar me faz ser uma pessoa melhor a cada dia. Até porque casar é isso mesmo, é os dois se ajudarem pra ser sempre melhores. E a minha noiva tem um jeito especial de me motivar.

Depois de ir morar com ela eu aprendi a ser uma pessoa muito mais organizada, por exemplo. Porque eu sei que, se deixar alguma coisa largada pela casa, ela vai jogar fora.

Morar junto fez minha memória melhorar. É que a minha noiva sempre fala que, se eu esquecer mais uma vez nosso aniversário de namoro, de noivado, de primeiro beijo ou de qualquer outra coisa, vou ter que aprender a voar, porque ela vai me jogar pela sacada.

Meu lado religioso também melhorou muito depois de casar. Agora eu rezo todos os dias, sem falta. Em todas as minhas orações eu peço:

— Deus, faz minha mulher acordar tranquila e calminha amanhã. E, se não for pedir muito, faça ela nunca mais ter TPM.

Casar me fez aprender a valorizar muito mais os momentos felizes da vida. Me fez aprender a curtir com muito mais intensidade todos os momentos bons que temos a dois. Porque a qualquer momento a mulher pode mudar da água pro vinho e começar a brigar contigo. DO NADA.

Minha noiva também me ensinou a dar extremo valor para as coisas que ela faz em casa. Porque ela sempre me diz:

— Eu acabei de lavar a louça. Se tu sujar qualquer coisa nas próximas duas horas, mesmo que seja uma colherzinha, eu te mato.

Depois de casar também tenho cuidado muito mais da minha saúde. Porque minha noiva, assim como qualquer outra, costuma fazer dieta. E ela me incentiva a fazer junto com ela. Sempre com frases motivacionais, do tipo:

— Se quiser almoçar, tem alface e brócolis. Se não quer comer isso, passa fome.

Casar também faz com que eu sempre supere limites. Porque, por mais que eu esteja do outro lado da cidade em um bar com os amigos, minha noiva consegue me fazer chegar em casa em três minutos. A pé.

Eu poderia escrever outros milhares de coisas em que eu melhorei depois de casar, por exemplo, respirar melhor, porque minha noiva sempre fala que se eu fungar mais uma vez ela vai arrancar meu nariz e eu vou ter que aprender a respirar pela boca pro resto da vida. Ou parar de roncar, porque ela diz que, se eu não parar, vai rolar cotovelada nas costelas a noite toda. Enfim, é muita coisa. Talvez eu possa até fazer uma continuação deste texto.

Mas, só pra fechar, vale dizer que casar também faz a gente aprender a lidar com medos e ameaças. Porque minha noiva sempre fala:

— Mais um post falando mal de mim naquela página idiota e eu te mato.

Bom, ainda estou aqui. Ainda.

mulher esconde as coisas

Algumas vezes, quando gosto muito de uma roupa, tenho o costume de usar a mesma peça várias vezes seguida. Quando isso acontece, minha noiva tem costume de falar algo do tipo:
— Você já tá usando essa roupa há tanto tempo que qualquer dia ela sai andando sozinha.

E acho que algumas roupas minhas andam sozinhas mesmo. Porque várias vezes eu vou procurar na gaveta onde deveriam estar e estão em outra. Não sei por que mulher tem mania de ficar trocando as coisas de lugar. Aí não encontramos e somos nós que estamos errados.

Cada vez que minha noiva fala "hoje organizei o armário e as gavetas", eu sei que é hora de comprar roupas novas. Porque as que eu tinha eu não vou encontrar mais.

Pior que, quando eu reclamo disso, ela fica irritada. Esses dias íamos sair e tive que perguntar:

— Onde estão as minhas cuecas? Onde está a minha calça? Cadê a minha camisa? Cadê as minhas meias?

E minha noiva simplesmente não dava resposta nenhuma. Então eu saí pela casa perguntando:

— Onde está você?

Completamente irritada, ela me respondeu:

— Danilo, pelo amor de Deus, procura as coisas. Já perdi a paciência contigo.

Olhei pra ela e falei:

— Bom, se foi você que guardou a sua paciência, deve ter perdido mesmo. Porque não dá pra encontrar nada que você guarda.

O olhar que ela me lançou depois dessa frase foi aterrorizante. Até a menina do exorcista ficaria com medo. E, com esse olhar, ela perguntou:

— Danilo, e alguma vez na vida você já encontrou alguma coisa?

Nessa hora eu, calmamente, falei:

— Encontrei, sim. Encontrei você...

E dei um sorriso.

Eu juro que vi os olhos dela se encherem d'água. Ela realmente se emocionou com a resposta. Quando vi que a guarda estava baixa, completei a frase:

— ...mas só encontrei porque você não tinha se guardado nas gavetas, senão não acharia nunca.

Depois de falar isso, fiz o que qualquer pessoa sensata faria: corri. Porque minha noiva estava com cara de quem ia me matar. E, se ela me matasse, poderia esconder meu corpo em algum lugar onde ninguém encontraria. Ela é ótima em esconder as coisas mesmo!

limites

Depois de um tempo de casados, passamos a conhecer todos os detalhes da outra pessoa. Um exemplo disso é que hoje eu sei exatamente o que fazer pra não irritar minha noiva. Mas ainda assim eu faço tudo ao contrário, porque é bem mais divertido.

Acho que os homens em geral gostam de fazer isso. Porque toda mulher tem um limite de paciência, e nós, homens, sempre gostamos de ultrapassar os limites. É um dom que nós temos.

E não precisa de muito pra tirar uma mulher do sério. Ainda esses dias estávamos no sofá e minha noiva falou:

— Danilo, pega um copo de água pra mim?

Respondi:

— Você tá pedindo ou tá mandando?

Ela disse:

— Estou pedindo.

Então, retruquei:

— Ah, se você tá pedindo eu posso negar. Então eu nem vou.

Já ficando irritada, ela falou:

— Então eu tô mandando.

E eu finalizei:

— Mas você não manda em mim. Se pedisse com jeito eu até ia.

Pronto, a mulher já se irritou. Eu poderia parar por aí, mas não. Homens gostam de superar limites. Falei que tinha sido só uma brincadeira, fui na cozinha e voltei com um copo vazio:

— Ó, o copo que você pediu.

Ela reclamou dizendo que o copo estava vazio. Dei um sorriso e respondi:

— Você pediu um copo DE água, não um copo COM água.

Minha noiva ficou P da vida. Arrancou o copo da minha mão e saiu falando:

— Esquece, Danilo! Deixa que eu pego água sozinha.

A brincadeira poderia encerrar aí, mas não. Homens gostam de superar limites. Quando ela tava indo pra cozinha, eu disse:

— Ah, aproveita que você vai na cozinha e traz um copo COM água pra mim. Porque eu sei pedir direito.

Nessa hora ela mostrou que também consegue superar limites. O grito que ela deu, com certeza, ultrapassou o limite dos decibéis permitidos no prédio onde a gente mora. Percebendo que ela ficou extremamente irritada, falei:

— Desculpa, eu tava só brincando. Senta aqui e me dá um abraço.

Mesmo muito irritada, ela veio pro sofá e me abraçou. Pedi desculpas mais uma vez. Depois, um pouco mais calma, ela falou:

— Pra fazer as pazes de vez, vai lá na cozinha pegar um copo COM água pra mim, então.

Eu olhei pra ela:

— Mas você tá pedindo ou mandando?

Porque homem é assim. A gente gosta de superar limites.

Casar é...

saber respeitar opiniões diferentes.
Mas ela sempre tem razão.

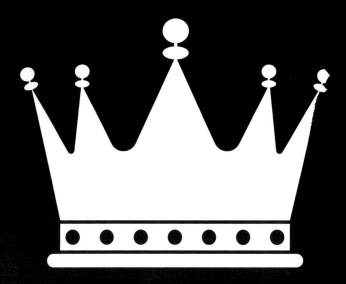

sair para comer

Hoje é sexta-feira, dia de sair pra comer com a minha noiva. E é dia de saber que eu vou comer demais. Não porque eu seja guloso, mas porque ela sempre pega alguma coisa maior do que consegue comer, aí dá o resto pra mim. É sempre assim: a mulher pede um prato gigante, não come e o homem precisa terminar. É por isso que homem engorda depois de entrar num relacionamento.

Quando a gente sai, eu sempre deixo pra escolher o prato depois dela. Pra não pegar repetido e poder comer duas coisas diferentes. Porque uma certeza que eu tenho é que eu vou comer o meu e metade do dela. Só que nada é tão tranquilo assim. Ela sempre vai dar só a parte ruim. Por exemplo, numa lanchonete ela pede um X-bacon completo. Então você já pede um X-búrguer sem salada, porque salada é ruim. Só esperando ela mandar o bacon pra você, porque X-búrguer com bacon vai ficar ótimo. Mas daí ela come todo o bacon e te dá só a salada.

Também é por isso que, sempre que a comida chega na mesa, a mulher coloca um pouco no garfo e dá pra gente, falando:

— Prova!

É pra saber o quanto a gente vai gostar do que ela pediu. Com base nisso, ela sabe o quanto pode deixar de lado pra gente comer depois.

Pior ainda é quando ela pede alguma coisa ruim. Você ainda tenta alertar, falar que aquilo é ruim e que ela não vai gostar. Mas ela é mulher. Ela é teimosa. Ela decide. E ela pega o negócio ruim. Dá uma garfada, faz cara feia e diz:

— Não gostei. É horrível! Pega pra você.

Daí joga no nosso prato. Porque dane-se se é ruim: a gente não tem direito a opinião. Come e pronto.

E pode ver: isso acontece com todo casal, em todas as etapas do relacionamento. Não muda nunca. A única coisa que muda é a experiência do homem. Quando se é namorado, a gente vai pra casa passando mal. Hoje, casado, já tenho experiência suficiente e sei que sempre preciso sair de casa com um Eno no bolso.

homens são
organizados

O que vou falar agora é uma verdade, mas vai gerar conflitos: nós, homens, somos, sim, organizados. Eu sei que é bem comum as mulheres reclamarem que nós não guardamos nossas coisas, que deixamos tudo jogado pela casa, que bagunçamos tudo, que não arrumamos nada etc. Mas não é bem assim. Nós simplesmente somos práticos. Por exemplo: pra que arrumar a cama todo dia de manhã se à noite vamos dormir e desarrumar tudo de novo? É perda de tempo.

A mesma coisa acontece com os nossos pertences. Não é que a gente não guarde. A gente só deixa em lugares mais acessíveis pra usar na próxima vez. O problema é que daí a mulher vai lá e guarda. E o pior não é guardar: ela guarda e esquece onde guardou.

É bem comum a seguinte situação: o homem está procurando alguma coisa no lugar em que tem certeza que deixou, e não está mais lá. Daí começa o diálogo:

— Amor, onde tá o meu relógio?
— No lugar dele.
— E onde é o lugar dele?
— Se você não sabe, como eu vou saber?
— Mas eu deixei na mesa da sala, e não tá lá.
— A mesa da sala não é lugar, por isso não está lá.
— Tá bom, e onde tá?
— Já falei, no lugar dele.
— E onde é o lugar dele?
— Você tem que saber.

Mas a grande verdade por trás de tudo isso é que nem a mulher sabe mais onde ela guardou. Aí fica enrolando a gente pra, enquanto isso, tentar lembrar onde está. Só que ela NUNCA vai admitir que não sabe onde guardou, então ela faz esse joguinho pra gente se sentir culpado. Elas são mestras nisso.

E as mulheres falam da gente, mas são especialistas em esquecer onde colocaram as coisas. Elas só não falam que não sabem onde alguma coisa está porque não vão admitir que não sabem. Acho que é por isso que a Mary Kay dá carros rosas pras vendedoras: porque fica mais fácil elas acharem um carro com uma cor diferente no estacionamento. Acho que é por isso também que o OB tem uma cordinha que fica pra fora, pra elas lembrarem onde está.

Por isso que eu digo: é mais fácil nós, homens, aprendermos a ser mais organizados e guardar nossas coisas. De preferência em algum lugar onde a mulher não vai achar. Porque, se ela achar, ela vai tirar de lá e guardar em outro lugar onde ela nunca mais vai lembrar. Só pra depois poder falar:

— Está no lugar dele. Se você não sabe onde é o lugar dele, não sou eu que tenho que saber.

o controle do ar....

Eu sou filho único, e confesso que não gosto muito de perder coisas. Mas, depois que casei, estou aprendendo que preciso me acostumar a perder algumas coisas, sim.

Uma das coisas que eu já sei que perdi depois de casar foi a minha opinião. Mas não é sobre isso que eu quero falar hoje. Eu queria falar sobre outra coisa que eu perdi e que está me fazendo muita falta, principalmente nesta época do ano. É o controle do ar-condicionado.

Quem é homem e mora junto com a mulher sabe bem do que eu estou falando. E quem é mulher, a essa hora, tenho certeza de que está dando um sorrisinho maldoso de canto de boca, pois sabe que é verdade.

Na minha humilde opinião, o correto seria chegar a um meio-termo de acordo com as possibilidades. Vou explicar: normalmente o homem sente mais calor que a mulher, ou seja, é só ligar o ar numa temperatura mais fria e o homem fica confortável, enquanto a mulher, se tiver com frio, tem a opção de se cobrir. Ambos dormem bem. Mas, como já falei, depois que casei eu perdi a minha opinião, e não existe acordo.

A mulher assume o controle e já era. Enquanto fora do quarto está uma temperatura de 23 ºC (acredite, pro homem isso é calor pra dormir), ela liga o ar em 25 ºC. A mulher dorme numa boa, enquanto o homem derrete igual a um pote de sorvete no micro-ondas.

Pior ainda: depois que casei, descobri que existe uma função no ar-condicionado que se chama "apenas ventilar". PRA QUE, SENHOR? Compra um ventilador então, criatura. É bem mais barato, e com o dinheiro que sobra eu poderia comprar sacos de gelo pra colocar na nuca e tentar dormir.

Mas aí deve ter gente falando: calma, já estamos em março e logo chega o inverno e todo mundo dorme numa boa. Errado, amigo. No inverno as mulheres se enrolam na coberta e o homem fica sem nada pra se cobrir, tremendo de frio e com saudade do calorzinho do verão.

compras anticoncepcionais

Quando dividimos a vida com outra pessoa, às vezes fazemos coisas que nunca tínhamos imaginado. Mas tem coisas que são necessárias, até pro nosso próprio bem, por exemplo, comprar anticoncepcional.

Primeiro que tá errado esse negócio. Eu já tive que ir comprar absorvente, e agora também tive que ir comprar anticoncepcional. Os papéis estão se invertendo. Qualquer dia eu chego em casa da farmácia com uma sacola cheia de absorvente, anticoncepcional, xampu e creme, e minha noiva vai estar no sofá tomando cerveja e vendo futebol.

Óbvio que reclamei quando ela pediu pra eu ir comprar isso. Falei que não iria. Que quem tinha que comprar isso era ela. Só que mulher é cruel. Ela sempre tem os melhores argumentos. Então, com uma simples frase, me fez mudar de ideia. Só precisou falar:

— Tudo bem, não precisa ir. Eu fico sem tomar.

Porque mulher é assim: ela ameaça a gente.

E, quando você chega na farmácia, nessa hora nunca é um cara que te atende; é uma mulher. Só pra ela poder judiar de ti. Você pede o anticoncepcional e ela pergunta qual você quer. Como qual? Existem modelos disso? Existem marcas? Eu achei que fosse uma coisa universal, que você pede, eles te entregam e acabou. Então eu disse que poderia ser qualquer um. A mulher me respondeu, com um tom sarcástico:

— Olha, você precisa saber qual ela toma, senão pode não funcionar.

Porque mulher é assim. Ameaça a gente.

Então me restou falar o que todo homem falaria:

— Eu quero o que funciona 100%.

A mulher da farmácia ainda deu uma risadinha e me disse que a única forma 100% garantida é não ter relações. Calmamente, respondi:

— Querida, eu casei. Esse método a gente já usa muito. Inclusive, minha mulher tem um método muito mais eficaz, que se chama "dormir de calça jeans".

Enfim, comprei o anticoncepcional. Falei pra ela que agora tava de boa então, que dava pra aproveitar com a consciência tranquila. Mas ela respondeu:

— Querido, eu só tomo isso pra diminuir minhas cólicas. Se eu não engravido hoje, é porque não quero. Porque, se eu quiser, vou engravidar e pronto. Você só vai saber quando eu te mostrar o resultado do teste.

Porque mulher é assim. Ameaça a gente.

como travar uma mulher

Quer travar o raciocínio de uma mulher? É bem simples. Basta você fazer o seguinte: no meio de uma discussão, olhe pra tua mulher e diga:

— Eu estou sempre errado. Você tem razão.

Pronto, já era.

Porque, se a mulher concordar com essa frase, ela automaticamente vai estar dizendo que você, homem, está fazendo uma afirmação correta. Só que ela nunca vai admitir que você está certo em alguma coisa. Porém, se a mulher discordar da sua frase, ela vai estar falando que nem sempre ela tem razão. Só que ela acha que sempre tem razão em tudo.

Depois de usar essa frase, é só aproveitar o tempo livre, porque a mulher vai ficar um bom tempo pensando em uma resposta pra sair por cima. E vai conseguir, porque ela é mulher. A função dela é ganhar uma discussão.

Quando a mulher vier te dar a resposta, provavelmente vai esbravejar algo do tipo:

— Pelo menos uma vez na vida você falou alguma coisa certa. Admitiu que eu sempre tenho razão. Fora isso, você está sempre errado.

Assim que ela terminar, diga simplesmente:

— Tudo bem.

Ela vai perguntar:

— Tudo bem o quê?

E você diz:

— Tudo bem, eu sempre estou errado. A única vez que falei alguma coisa certa foi admitindo que você sempre tem razão. Não é isso?

Com ar de superioridade, a mulher vai responder:

— Sim, é isso mesmo!

Daí você olha com um leve sorriso e fala:

— Bom, se você concordou com isso, quer dizer que pela segunda vez eu falei alguma coisa certa. Então talvez você não tenha tanta razão assim.

Pronto, ela vai travar de novo. Pode voltar pro videogame que vai dar tempo de jogar mais umas cinco partidinhas de Fifa.

Obs.: não me responsabilizo pelo que pode acontecer depois.

Obs.^{2}: seu videogame corre o risco de voar pela janela.

Obs.^{3}: não vou reembolsar o valor do videogame de ninguém.

Casar é...

compartilhar tudo.
Queira você ou não.

tirar fotos

Não interessa onde você está. Pode ser em casa, no shopping, no carro, na rua, numa festa, na praia. Enfim, em qualquer lugar mesmo. Sempre chega um momento em que a tua mulher olha e fala:

— Tira uma foto da gente.

E aí começa um problema. Porque nunca é UMA foto. São no mínimo umas 20 pra TALVEZ uma ficar boa, de acordo com ela.

Pior que pra nós, homens, as fotos estão sempre iguais. Mas mulher consegue ver uma diferença enorme.

É o cabelo que tá desarrumado, a sobrancelha que ficou muito levantada, a bochecha que ficou muito grande. São inúmeras as razões pelas quais ela, depois de olhar na tela do celular por vários minutos, te entrega o aparelho e fala:

— Tira outra porque eu não gostei dessa.

Poxa, e a minha opinião? E se eu gostei? Sem contar que você até faz uma cara feliz nas primeiras fotos. Mas vai irritando. Lá pela 38ª foto a mulher olha, analisa calmamente durante vários minutos e diz:

— Nessa eu fiquei boa, mas você tá com cara de bunda. Tira outra, e vê se faz uma cara mais feliz.

Óbvio que a gente fica com cara de bunda. A gente não aguenta mais tirar foto. Mas a gente se esforça. A gente faz uma cara feliz. E claro que sempre tem o momento em que a foto fica boa pra mulher e ela diz pra postar aquela. E você posta. Feliz. Achando que a saga da foto acabou. Só que 20 minutos depois você a vê num canto olhando pra tela do celular, até que ela vem até você e diz:

— Eu tava olhando a foto que você postou. Não gostei. Apaga e tira outra.

Foi por isso que inventaram o Snapchat. É uma forma de as fotos ficarem lá só por um dia. Quando a mulher se arrepender e quiser apagar, já não vai estar mais lá.

Lembro que várias vezes, conversando com meus pais, eles mostram fotos antigas e contam toda uma história que aquela foto representa. Imagino como vai ser eu mostrando fotos pros meus filhos:

— Olha essa foto, filhão. Nesse dia eu e a tua mãe chegamos numa festa e decidimos tirar uma foto. Tiramos 389, até que a tua mãe gostou dessa. Depois a gente foi embora, porque a festa já estava acabando.

Acho que é por isso que mulheres gostam tanto de tirar foto na frente do espelho. Pelo menos assim elas já conseguem analisar tudo na hora.

Ficam ali se olhando no espelho, analisando cada milímetro do rosto pra que a expressão saia exatamente conforme o planejado. Caso o espelho seja grande, o cuidado é maior. Sempre rola a pose que eu chamo de "É o Tchan". É aquela em que a mulher bota a mão no joelho e dá uma abaixadinha. Uma encolhida de leve na barriga, um volume nos peitos, a angulação correta das pernas pra aumentar a bunda. E, quando conseguem a pose e a postura correta, tiram a foto. Depois elas analisam por vários minutos e falam:

— Não gostei. Vou tirar outra.

tupperware

Esses dias minha mulher chegou em casa e disse:
— Amor, fiz um consórcio pra gente.
Eu falei:
— Putz, que ótimo. Consórcio do quê? Carro? Moto? Imóvel?
E ela respondeu:
— Não, de Tupperware.
Por uns minutos eu fiquei pensando que diabos era esse negócio de "tapauer", que custa tão caro a ponto de precisar fazer um consórcio pra comprar. Daí eu descobri

que são POTES. São potes que custam quase o valor de um Ford Ka. Apesar de eu preferir comprar um pote a um Ka. Pelo menos no pote cabe alguma coisa dentro.

Mas é sério: cada pote custa exatamente dez vezes mais do que as coisas que você vai botar dentro dele. Tem um pote pra temperar churrasco que custa mais de cem reais. O que não faz o mínimo sentido, porque aí você compra esse pote e não sobra dinheiro pra comprar a carne pra temperar.

Agora eu entendo o desespero da minha mãe cada vez que eu sumia com um pote dela. Se os potes que eu já perdi durante a minha vida eram todos Tupperware, somando tudo daria pra comprar uns dois PS4. E olha que eu só perdi uns dez potes até hoje.

Minha mulher falou que eles são caros porque são super-resistentes e duram muito tempo. Só tem que tomar alguns cuidados, por exemplo, não pode lavar com o lado verde da esponja, não pode deixar cair, não pode forçar muito. Mas, pô, qualquer pote dura muito tempo desse jeito. Por um preço desses, eu deveria poder lavar esse pote com esponja de aço e ácido, e ele deveria ficar inteiro.

Minha mulher também falou que esses potes fazem os alimentos ficarem conservados por mais tempo. Daí eu guardei comida dentro deles e deixei fora da geladeira. Ela brigou comigo dizendo que precisava pôr na geladeira. Mas, cara, então não é o pote que conserva. É a geladeira.

Outra justificativa que já ouvi é que esses potes fecham muito melhor que os outros. E fecham mesmo. Nem quando eu quero abrir eu consigo. E, quando tento fazer força pra abrir, levo esporro porque é preciso ter mais cuidado com um Tupperware. Eu ainda tento justificar:

— Mas é só um pote. A função dele é abrir pra eu pegar o que tem dentro.

Só que ela fica P da vida:

— Não é só um pote. É um Tupperware.

Enfim, casar é aprender a dar valor pra coisas que nem imaginava antes. Eu, por exemplo, aprendi que preciso dar muito valor e cuidar bem dos potes. Porque, se quebrar um, minha mulher compra toda a coleção nova.

Paulo Zulu

Hoje eu preciso usar este espaço pra fazer um desabafo: tá difícil ser homem.

Se já não bastasse o Rodrigo Hilbert ter um programa de TV no qual cozinha, lava, limpa, constrói e faz de tudo, agora surge uma foto do Paulo Zulu pelado. O nível de comparação ficou muito alto. Porque quando vazaram os nudes do Stênio Garcia tava de boa, mas o Zulu é sacanagem.

E eu já ficava P da vida vendo o *Tempero de família*. Ainda esses dias falei pra minha noiva que eu queria comprar uma grelha argentina pra colocar na nossa churrasqueira. Dias depois ela tava assistindo a esse maldito programa, e o Rodrigo Hilbert FEZ uma grelha argentina. Sim, ele tirou as medidas, cortou os ferros, lixou e soldou peça por peça. E ficou ótima. Pra onde foi meu moral de comprar uma grelha agora?

Não basta o cara ser loiro, alto, bonito e rico, ele ainda cozinha de tudo e constrói tudo o que precisa. Pior que, depois de cozinhar, ele ainda lava a louça e limpa toda a bagunça. O mínimo que ele merece é ser casado com a Fernanda Lima. Até eu queria casar com ele.

Mas, pra tudo ir por água abaixo de vez, outro dia apareceu na internet uma foto do Paulo Zulu pelado. Toda mulher deveria ser proibida de ver aquela foto. Na foto só tem ele na frente de um espelho, sem roupa nenhuma e segurando um iPhone. E o pior: ele tem um iPhone 6. Eu tenho um 4. Ou seja, até o iPhone dele é maior que o meu.

Agora faz sentido o cara se chamar "Zulu". É uma nítida referência afrodescendente. Além disso o cara é todo musculoso. Ele tem 53 anos, surfa e malha todo dia. Sem contar que agora eu tenho certeza de que, quando ele chega na academia dizendo que vai malhar perna, o personal diz:

— Todas as três?

O que ainda me tranquiliza é que o Paulo Zulu mora em Santa Catarina e o Rodrigo Hilbert nasceu e grava todos os programas em Santa Catarina. Eu também nasci e moro em Santa Catarina. Talvez tenha alguma magia aqui no estado e eu tenha salvação. Então a partir de hoje vou começar a construir coisas, cozinhar, limpar e ir pra academia todos os dias. E, só pra garantir, também vou começar a clicar naqueles e-mails de "aumente seu pênis".

motel depois de casado

Sempre ouvi falar que depois de casar a gente passa a aproveitar mais algumas coisas, e esses dias vi isso em algo que eu nunca imaginei. Depois de muito tempo, resolvemos ir num motel. Como é legal ir num motel depois de casado.

Quando está só namorando, a gente vai no motel só pra uma coisa. Então chega lá, faz o que quer e vai embora. Depois de casado não: você chega lá e começa a olhar tudo detalhadamente. Pela primeira vez eu vi que existe um cardápio no motel. E nem tô falando de cardápio de brinquedos eróticos; estou falando de comida mesmo.

Parecíamos duas crianças no parque de diversões. Enquanto eu ligava a hidromassagem, minha noiva ligava a TV. E a gente descobriu que não tinha só canais adultos: dava pra assistir a novelas também. Dito e feito. Assistimos a um capítulo. Depois fomos brincar na hidromassagem. Não no sentido que vocês estão pensando. Fomos brincar mesmo.

Colocamos todos os produtos possíveis na banheira pra fazer espuma. E fez. Muita. Ficamos horas lá. Acho que, pra ficar perfeito, só faltava ter brinquedos de borracha na banheira. Porém, estando em um motel, os brinquedos de borracha que tinha no quarto não eram dos melhores pra colocar em um ambiente onde eu estivesse com a retaguarda desprotegida.

Outra coisa legal foi escutar os casais das outras suítes. Tinha uns que pareciam atores pornô, de tanto que gemiam. Então resolvemos fazer melhor que só escutar: começamos a interagir. Alguém gemia de um lado e nós respondíamos da nossa suíte. Mas acho que os outros não gostaram da brincadeira, porque pararam de gemer.

Além disso brincamos de bombeiros no pole dance, fingindo que descíamos pra uma emergência, ligamos todas as luzes e brincamos de discoteca, usamos o espelho do teto pra estudar qual a melhor posição pra gente dormir sem ocupar o espaço do outro. Enfim, fizemos quase tudo lá.

Talvez vocês estejam se perguntando: "E o sexo?" Ah, sério, isso a gente faz em casa. Motel tem coisas muito mais legais pra você aproveitar depois de casado.

espremer cravos

Existem poucas coisas que minha noiva fala que me causam calafrios. Mas sem dúvida a pior de todas é:
— Deixa só eu espremer esse cravinho aqui.
Sério, eu preferiria que ela me falasse que descobriu a minha senha do WhatsApp e do Facebook. Ia doer bem menos. (Até porque não tem nada de errado lá. EU JURO!)

Não consigo entender esse prazer que as mulheres têm de espremer cravos e espinhas. Não podem ver uma coisinha mínima que já querem enfiar a unha. Por isso que Deus fez as mulheres com seios. Se elas tivessem só o mamilo ali no peito, iam achar que era uma espinha e tentar espremer.

E elas usam umas desculpas muito sem sentido pra fazer a gente deixar elas espremerem. Por exemplo:

— Ai, amor, deixa eu espremer isso aqui porque é nojento.

Claro, como se por si só não fosse nojento ela espremer o maldito cravo. E muitas vezes dentro de um restaurante.

Ou então:

— Ai, amor, deixa eu espremer isso aqui porque é feio.

Aham. Como se não fosse bem pior o buraco que fica depois de ela espremer.

Sabe aquelas pessoas que têm o rosto cheio de marcas de cravos e espinhas? Certeza de que tinham uma mulher que espremia tudo, por isso ficaram daquele jeito. Acredito até que o Freddy Krueger era um cara bonito, mas daí um dia a mulher dele falou:

— Deixa só eu espremer esse cravinho aqui.

Na verdade, acho que o prazer delas é só fazer a gente sentir dor. Pior que elas sempre falam a mesma coisa:

— Não vai doer.

E a gente precisa confiar.

O que é engraçado, porque, se eu quero uma certa coisa e digo pra ela que não vai doer, ainda assim ela não deixa eu chegar nem perto.

envelhecer junto

Lembro que um dia, quando eu e minha noiva tínhamos acabado de ir morar juntos, estávamos conversando e nos perguntamos:

— Será que nós vamos conseguir envelhecer juntos?

E essa é uma dúvida comum, porque, quando você vai morar com outra pessoa, tudo muda. Então dá uma certa insegurança.

Hoje, morando juntos há pouco mais de um ano, vejo que nós dois já mudamos bastante. Agora nós dormimos mais cedo e acordamos mais cedo. Mesmo nos finais de semana, eu, que só acordava meio-dia, agora acordo antes das 9 da manhã. Isso quando não acordamos umas 7h30 pra ir caminhar.

Nos sábados à noite também ficamos mais em casa. E, quando saímos, voltamos no máximo à uma da manhã. Mas o melhor mesmo é ficar em casa assistindo ao Netflix. Ou então assistimos ao canal da Polishop. E nos interessamos por diversos produtos.

Outra opção nos finais de semana é passar o dia todo em casa de pijama sem fazer nada. No máximo tirar o pijama e colocar um moletom.

Agora, quando vamos no mercado, passamos horas lá dentro. E calculamos o preço de tudo. Sem contar que optamos por comprar mais comidas saudáveis.

A vida noturna agora começa a partir da hora em que o sol se põe. E não tem nada de bar, baladas ou shows. Aliás, a gente mal sabe o que está acontecendo na cidade. Mas sabe exatamente o que está acontecendo em cada capítulo da novela.

Morando juntos, também passamos a ter outras preocupações. Agora, constantemente perguntamos um ao outro coisas como:

— Você já regou as plantas hoje?

Ou:

— Já deu comida pra calopsita?

Isso quando não ficamos sentados no sofá, com a TV desligada e conversando coisas do tipo:

— Lembra no nosso tempo do colégio...

Ou seja, quando eu penso naquela pergunta que fizemos quando nos mudamos, agora já tenho a resposta. Nós não vamos envelhecer juntos. Nós temos 29 anos e já envelhecemos juntos.